I

An Chéad *Teitheadh

Nuair a dhúisigh sí bhí an bád ag gluaiseacht. Bhí sé ag bualadh i gcoinne na dtonnta. Mhothaigh sí é ag titim agus ag éirí, agus ag titim arís i ngleannta na farraige. Chonaic sí fear ina sheasamh os comhair an *roth stiúrtha. Bhí a dhroim léi. Bhí sé ag féachaint amach tríd an bhfuinneog i *dteach na stiúrach. Ní raibh a fhios aige go raibh Saeidí ar bord.

D'fhan Saeidí ina luí ar an leaba ar feadh tamaill. Bhí * mearbhall uirthi. Cá raibh siad? Cá raibh an bád seo ag dul? An raibh sí tar éis mórán ama a chaitheamh ina codladh? Tháinig an chuimhne chuici de réir a chéile agus tháinig na deora lena súile. Theastaigh uaithi *gol a dhéanamh. Ach theastaigh uaithi chomh maith dul go dtí an leithreas. Bhí boladh an *díosail agus boladh an éisc an-láidir agus bhí siad measctha le chéile. Bhí sí ag éirí tinn. Ní fhéadfadh sí fanacht nóiméad eile. D'éirigh sí ina suí. Níor lig sí *gíog aisti.

teitheadh – *flight*
roth stiúrtha – *steering wheel*
teach na stiúrach – *wheelhouse*
bhí mearbhall uirthi – *she was confused*

gol a dhéanamh – *to cry*
díosal – *diesel*
gíog – *cheep*

Tríd an bhfuinneog chiorcalach in aice lena ceann, chonaic sí an fharraige ag leathnú amach uaithi, siar go bun na spéire. Chonaic sí go raibh sé scamallach agus nach raibh sé fós ina lá. Bhí sé timpeall a sé a chlog ar maidin a mheas sí. Ní raibh an ghrian le feiceáil agus bhí bun na spéire fós dorcha. Ach bhí a fhios aici go raibh an ghrian ag éirí taobh thiar de na scamaill.

Chuir sí a cosa amach as an leapa agus lig sí í féin síos go mall ar urlár an bháid. Bhí sí an-chúramach. Níor theastaigh uaithi fothram a dhéanamh. Bhí an bad *ag luascadh go mall, siar agus aniar, agus bhí eagla uirthi go dtitfeadh sí. Lig sí dá corp luascadh leis agus faoi dheireadh bhí sí ina seasamh ar urlár an bháid. Ach cá raibh an leithreas? Chonaic sí doras ar chúl an chábáin. Bhí *sean-taithí aici ar bhádóireacht agus bhí eolas aici ar leagan amach na mbád ó bhí sí ina cailín óg ag imirt lena cairde thíos ar an gcé. *Théidis i bhfolach ar na báid go minic.

Thóg sí céim i dtreo dhoras an leithris. Díreach ag an nóiméad sin chas an fear a bhí ina sheasamh ag an roth stiúrtha. Thosaigh a croí *ag preabadh. Ní raibh aon cheart aici bheith ar an mbád. An mbeadh fearg air? Cad a déarfadh sé léi?

ag luascadh – *rocking*
sean-taithí – *experience*

théidis i bhfolach – *they used to hide*
ag preabadh – *palpitating*

II

Agallamh beirte

D'fhéach an bheirt acu ar a chéile. Bhí ionadh agus mearbhall ar aghaidh an fhir. Bhí *faitíos agus eagla i súile Shaeidí.

"Cé tusa?" a bhéic an fear ag an roth stiúrtha.

"Hi," a dúirt sí go neirbhíseach.

"Cé tusa?"

"Saeidí," a d'fhreagair sí i nguth ciúin *cúthaileach.

"Saeidí, an ea? Agus cad tá á dhéanamh agat ar mo bhádsa, a Shaeidí?" a dúirt sé go feargach.

"Thit mé i mo chodladh," a dúirt sí. "Tá an-bhrón orm. Bhí mé i bhfolach thuas ansin sa chábán. Imeoidh mé chomh luath agus is féidir liom. Imeoidh me láithreach más maith leat."

"Go hiontach, an-dheas. Ní féidir leat imeacht láithreach. Táimid cúig mhíle amach ó chósta Loch Garman anois. Ní

faitíos – *apprehension*
cúthaileach – *shy*

féidir liom casadh ar ais anois. Ní bheimid ag filleadh go dtí an Satharn."

"Ó," a dúirt Saeidí. "Ní bheidh tú ag filleadh go dtí an Satharn, sin ceithre lá?" Stán sí air agus í ag déanamh *tréan-iarracht na deora a choimeád siar.

"Tá an-bhrón orm. Ní raibh fhios agam go raibh an bád chun seoladh nuair a chonaic mé é ag an gcé. Ní raibh éinne ar bord. Bhí mé ag iarraidh dul i bhfolach ar dhuine agus chuaigh mé isteach sa chábán. Bhí mé trína chéile agus thit mé i mo chodladh. Nuair a dhúisigh mé bhí an bád amuigh ar an bhfarraige. Ach ní chuirfidh mise isteach ort. Beidh mé an-chiúin. Fanfaidh mé anseo as do bhealach. Nó is féidir liom an chócaireacht a dhéanamh más maith leat!" Rinne an fear gáire meidhreach.

"Tá Páidí agam chun cabhrú liom agus chun jabanna mar sin a dhéanamh," a dúirt sé. Chuala sí duine éigin thuas ar an deic *ag útamáil thart. Páidí a bhí ann, gan amhras.

"Táimid *i gcruachás ceart go leor. Suigh síos agus lig dom mo mhachnamh a dhéanamh," a dúirt an fear.

"An bhfuil cead agam dul go dtí an leithreas ar dtús," a dúirt Saeidí. Bhí sí ag éirí an-mhíchompordach. "An bhfuil cead agam dul amach?" a dúirt sí, agus í *ag déanamh aithrise ar ghuth cailín scoile.

"Ó," a d'fhreagair sé. "Ceart go leor. Imigh leat," a dúirt sé ag síneadh a láimhe i dtreo dorais cúing ag bun an chábáin. Bhí leithreas beag taobh thiar den doras. Chuaigh sí isteach agus d'fhan sí istigh ann ag smaoineamh ar a cás ar feadh cúpla nóiméad. Bhí fonn uirthi tosú ag gol ach níor theastaigh uaithi fearg a chur ar chaptaen an bháid.

---

tréan-iarracht – *a great effort*   i gcruachás – *in a predicament*
ag útamáil – *pottering about*   ag déanamh aithrise – *imitating*

Lasmuigh sheas an captaen ar feadh tamaill ag déanamh a mhachnaimh. Bhraith sé go raibh praiseach déanta ag an mbean seo den turas. "Bean rua is ea í," a dúirt sé ós íseal. "*Mí-ádh a bheidh orainn anois ar an mbád. A Chríost, táimid caillte."Chuala Saeidí é agus bhris sí isteach air. "Ní chreideann tú é sin, an gcreideann? Nach bhfuil a fhios agat gur *piseog í sin. A Thiarna, bean rua ar bhád, go bhfóire Dia orainn, taimid caillte! Ar ais, ar ais go dtí an caladh," a dúirt sí *go fonóideach.

Thosaigh Saeidí ag gáire agus bhog sí ina threo go dtí gur sheas sí os a chomhair. Rinne sí dearmad ar a *goile tinn. Bhí lámh amháin aici ag súgradh lena gruaig rua, chatach a bhí ag titim thar a guaillí. Bhí an captaen *ina staic agus é ag stánadh uirthi. Bhí sé ag féachaint ar a *folt rua. Lean Saidi ag súgradh lena gruaig agus bhog sí níos gaire dó. Agus is ag an bpointe sin nuair a d'fhéach sí isteach ina shúile gur thuig sí go raibh ceangal éigin eatarthu, ceangal nár thuig sí ina iomláine.

"Is í seo an bhliain dhá mhíle is a cheathair," a lean sí. "An tríú mílaois. An gcreideann tú sna piseoga sin i ndáiríre?"

"Ní chreidim ach ná habair liom nach leanann mí-ádh éigin tusa?"

Rinne sí gáire neirbhíseach. Bhí pointe aige, ach níor theastaigh ó Shaeidí a thuilleadh a rá faoi sin. Rinne sí iarracht an t-ábhar comhrá a athrú

"Cá bhfuil tú ag dul anois? An bhfuil tú ag dul amach ag iascaireacht?" a d'fhiafraigh sí de.

"Tá mé ag dul amach chun na *líonta a chaitheamh amach. Tá súil agam go bhfuil taithí agat ar an bhfarraige mar deir an raidio go mbeidh sé garbh." Thit rud eigin thuas ar an deic. "Gaibh mo leithscéal, caithfidh mé an bád a stiúradh."

Shiúil sé ar ais chuig an doras.

mí-ádh – *bad luck*
piseog – *superstition*
go fonóideach – *mockingly*
goile – *stomach*

ina staic – *transfixed*
folt – *hair*
líonta – *nets*

"Ceist eile agam ort," a dúirt Saeidí. Chas an fear agus d'fhéach sé ar Shaeidí agus an ghruaig rua ag titim tar a guaillí. Smaoinigh sé ar an amhrán a d'fhoghlaim sé ar scoil "Táimse im Chodladh." Chuala sé na nótaí ina cheann agus chuimhnigh sé ar na focail a chuireann síos ar an mbean álainn a thagann chuig an fear agus é ina chodladh: *A folt bacallach péarlach ag teacht lei go ballchrith, is í ag caitheamh na saighead trím thaobh do chealg mé, táimse im chodladh is ná dúisítear mé.*

Ní raibh sé féin cinnte an ina chodladh nó ina dhúiseacht a bhí sé. Thuig sé anois cás an fhile agus tháinig miongháire ar a aghaidh *i nganfhios dó.

Bhí Saeidí ag féachaint air. Chonaic sí an miongháire ar a aghaidh agus shíl sí gur *ag magadh fúithi a bhí sé.

"Cad is ainm duit féin, a dhuine uasail?" a d'fhiafraigh sí de *go cantalach.

"Cathal," a dúirt sé agus é ag gáire. "Cathal Ó Cinnéide."

"Dia's Muire duit, a Chathail Uí Chinnéide."

"Dia's Muire duit 's Phádraig, a Shaeidí. Bhuel caithfidh mé imeacht nó rachaidh an bád seo ar na carraigeacha. Déan cupán caife duit féin más maith leat," a dúirt sé agus é ag gáire ós íseal. D'imigh sé amach chuig an roth stiúrtha. Shuigh Saeidí síos arís ar an leaba. Bhí sí i gcruachás ceart go leor. Ní raibh eagla uirthi roimh an bhfarraige. Is minic a bhíodh sí amuigh ag iascaireacht lena hathair. Ach níor chaith siad riamh níos mó ná cúpla uair a chloig ar an bhfarraige. Anois bhí sí ar bhád a raibh leapacha agus *sorn agus leithreas ann agus bheadh uirthi ceithre lá agus oíche a chaitheamh ar bord le beirt fhear.

9

i nganfhios dó – *unbeknownst to him*   cantalach – *peevish*
ag magadh fúithi – *making fun of her*   sorn – *stove*

III

Stoirm fharraige

Lean an bád *ag treabhadh tríd an bhfarraige. Bhí sé garbh go leor. Bhí tonnta arda ann agus bhí an spéir liath, na scamaill go trom, pacáilte anuas ar a chéile. Bhí uisce ag titim uathu agus é ag cur leis na tonnta a bhí ag léim's ag súgradh timpeall an bháid. Ní raibh talamh ar bith le feiceáil.

"Cuir na héadaí seo ort," a dúirt Cathal léi ag caitheamh cóta buí agus hata chuici. "Tá cabhair ag teastáil uainn ar an deic. Tá an t-uisce ag ardú. Caithfidh tú an pumpa a úsáid *muna miste leat. Táispeánfaidh Páidí duit an tslí chun é a oibriú."

Chuir Saeidí an cóta agus an hata buí uirthi agus chuaigh sí suas ar an deic. Bhí an ghaoth bog a dhóthain cé go raibh an bád ag luascadh go fíochmhar san uisce. Bhain sí an pumpa amach agus rinne sí iarracht é a úsáid. Ní raibh aon taithí aici air agus cheap sí go mbeadh sé éasca. Thaispeáin Páidí go deas *múinte di an tslí ceart chun é a oibriú. Buachaill seacht mbliain déag d'aois a bhí ann. Bhí sé ard, tanaí agus gruaig

treabhadh tríd – *plough through*
muna miste leat – *if you don't mind*
múinte – *polite*

fhionn *ghiobach air a chlúdaigh a aghaidh agus a mhuinéal.

Ba léir go raibh * faitíos air roimh an stráinséir mná seo a bhí ar bord agus is beag cainte a rinne sé.

Bhí Cathal ró-ghnóthach chun bheith ag faire amach di. Sheas sé ag an roth agus thiomáin sé an bád. Bhí Páidí ag obair ar an dara pumpa. Lean Saeidí ag obair. Lean an triúr acu ag obair ar feadh dhá uair a chloig. *Shleamhnaigh an lá thart. Thart faoina cheathar a chlog bhris an ghrian amach tríd na scamaill agus d'éirigh an t-uisce níos ciúine.

"Saeidí, fág ann é. Téigh isteach," a bhéic Cathal. "Tá tú fliuch báite. Téigh isteach agus bain díot na héadaí fliucha."

"Níl aon éadaí tirime agam," a dúirt Saeidí. Stad Cathal agus d'fhéach sé uirthi. Bhí cuma chrosta air.

"Tóg an roth stiúrtha," a dúirt sé le Páidí. Isteach leis sa chábán. Tar éis tamaill tháinig sé ar ais.

"D'fhág mé éadaí tirime ar an leaba duit, cuir ort iad." Chuaigh Saeidí isteach agus thosaigh sí ag cur na n-éadaí uirthi. Bhí geansaí mór dearg agus sean-phéire bríste ann. Bhí sí an-bhuíoch a cuid éadaí fliucha a bhaint di.

Ní raibh ach aon seomra amháin ar an mbád agus bhí teach na stiúrach chun tosaigh ar sin. Ar an taobh eile den seomra, bhí an leithreas. D'fhan Cathal ina sheasamh ag an roth stiúrtha fad is a bhí Saeidí ag cur uirthi. Ní raibh mórán spáis sa chábán. Bhí ceithre leapa taobh leis na ballaí agus bhí bord i lár an tseomra. Bhí sorn, doirteal agus cuisneoir i gcúinne eile. Chuir Saeidí na héadaí uirthi faoi dheifir agus í ag coiméad súil ghéar ar dhroim Chathail *ar eagla go n-iompódh sé thart. Nuair a bhí na héadaí tirime uirthi, shuigh sí ar an leaba.

giobach – unkempt   shleamhnaigh an lá thart – *the day slipped past*
faitíos – apprehension   ar eagla go n-impódh sé thart – *lest he would turn round*

Bhí sí i gcruachás ceart. Níor cheap sí go mbeadh an bád ag imeacht ón gcé. Níor cheap sí go mbeadh uirthi taisteal ar an bhfarraige le strainséir ar feadh ceithre lá. Bhí sí ag iarraidh éalú ó Shergio nuair a rith sí síos ar an gcé tráthnóna aréir. Nuair a chonaic sí é agus an bhean sin le chéile sa charr bhí a fhios aici cad a bhí ar siúl eatarthu. Thosaigh sí ag rith. Níor smaoinigh sí ar aon rud eile ach *éalú ón díomá, ón mbriseadh chroí. Rith sí síos an ché. Ach chonaic Sergio í agus léim sé amach as an gcarr agus rith sé ina diaidh. Nuair a chonaic sí é ag teacht ina diaidh léim sí isteach ar an mbád. Bhí scata turasóirí ar an gcé agus ní fhaca Sergio í ag dul ar an mbád. B'fhéidir gur shíl sé go raibh botún déanta aige agus nach í a bhí ann ach duine eile, mar chas sé agus chuaigh sé ar ais go dtí an carr. "D'éirigh liom éalú ó Shergio ach féach an cruachás ina bhfuil mé anois," a dúirt sí os íseal léi féin.

D'fhéach sí ar chúl Chathail. Cén saghas fir é seo, a smaoinigh sí? D'fhéach sí ar na cosa móra laidre faoi agus ar a thóin ."An-dheas," a dúirt sí léi fein ag baint taitnimh as an radharc. Lig sí dá súile ardú. Bhí sé ard agus leathan sna guaillí agus *mothall mór gruaige aige, gruaig dhubh chatach nach bhfaca cíor nó scuab ó d'fhág sé baile roimh éirí gréine an mhaidin sin. Chuir sé i gcuimhne di *stail a chonaic sí ar fheirm a seanathar – é ina sheasamh go grástúil stuama i lár na páirce, ag féachaint amach roimhe "Deas," a dúirt sí léi féin arís. Bhí na smaointe ag rith léi mar sin agus í ina suí ar an leaba *íochtarach ar an mbád. Sa deireadh, arsa sí léi féin: "Ní féidir *muinín a chur sna fir. Sin ceacht amháin atá foghlamtha agam. Ní féidir muinín a chur iontu." Smaoinigh sí ar Shergio arís agus mhothaigh sí na deora ag teacht.

Fad is a bhí Saeidí ag scrúdú cúl a chinn mar seo, bhí Cathal in ann breathnu uirthi i gceart mar bhí scathán crochta os a chomhair amach. Ní raibh a fhios ag Saeidí go raibh sé in ann í a fheiceail go soiléir ann. Bhain sé taitneamh as sin. Chonaic

éalú ón díomá – *escape from the disappointment*   íochtarach – *lower*
mothall gruaige – *mop of hair*   muinín – *confidence*
stail – *stallion*

sé a súile móra ag líonadh le deora agus an iarracht a dhein sí iad a ghlanadh óna haghaidh go tapaidh. "Tá an bhean seo i dtrioblóid," a dúirt sé leis féin, "níor chóir go mbeadh bean álainn mar í i gcruachás. An ligfidh sí dom cabhrú léi?"

Bheadh air an tae a ullmhú, pé scéal é. Chuir sé na gréithre ar an mbord agus chuir sé an citeal ar siúl. Bhí air imeacht arís chun rud éigin a dheisiú ar an deic.

"Níl aon am ceart ar bhád," a dúirt sé nuair a d'fhill sé. "Níl aon am ceart don tae againn. Ithimid nuair a bhíonn an seans againn, nuair a bhíonn an fharraige ciúin, nó nuair a bhímid ag filleadh agus na líonta tarraingte isteach againn."

D'fhéach Saeidí ar a aghaidh – ar a smig chearnógach, ar a éadan leathan, ar a shrón díreach. "Cad iad na smaointe atá aige? An gceapann sé fós gur thug mé mí-ádh ar an mbád liom? Tá an chuma air gur fear *ionraic é. Ach shíl mé gur fear ionraic a bhí i Sergio agus bhí dul amú orm." D'fhéach sí ar shúile Chathail arís agus thug sí faoi deara go raibh sé ag breathnú go géar uirthi, na súile géara ag *biorú isteach inti. An ag iarraidh a haigne a scrúdú a bhí sé, smaoinigh Saeidí. Mhothaigh sí an *lasair ina grua.

13

ionraic – *honest, sincere*
biorú isteach inti – *bore into her*
lasair ina grua – *her cheeks burning*

IV

Tae ar bord

Shiúil Cathal i dtreo an bhoird. "Tá am tae ann faoi dheireadh, ceapaim. Tá uibheacha agam agus pónairí agus ispíní. An bhfuil ocras ort?" Mhothaigh Saeidí an t-ocras ina bolg láithreach. Ní raibh sé tugtha faoi deara aici go raibh ocras uirthi go dtí gur labhair Cathal faoi bhia.

"Tá," a d'fhreagair sí é. "An féidir liom cabhrú leat?"

"Fan mar a bhfuil tú," a dúirt Cathal. "Tá seantaithí agamsa ar an jab seo. Tá sé thar a bheith éasca. Tá mé ag iascaireacht ó bhí mé sé bhliain déag d'aois, go páirtaimsireach nó go lán-aimsearach, agus tá mé tríocha bhliain d'aois anois agus an t-aon rud atá foghlamtha agam ná go bhfuil mé ábalta béile a ullmhú ar bord."

Thóg sé amach an *friochtán. Nuair a bhí sé te chuir sé na hispíní air. Bhris sé na huibheacha agus d'oscail sé an canna pónairí. Thaitin sé le Saeidí bheith ag féachaint air.

friochtán – *frying pan*
pónairí

Bhí grastúlacht ag baint lena chuid ghluaiseachtaí. Tá gluaiseachtaí rinceora aige, a smaoinigh sí.

"An dtaitníonn saol na hiascaireachta leat?" a d'fhiafraigh sí de.

"Is maith liom go mór é nuair a bhíonn flúirse éisc ann agus nuair fhillimid ar an gcé agus an bád lán. Ach fillimid uaireanta agus gan againn de bharr ár gcuid trioblóidí ach cúpla bosca iasc. Ansin bím ag smaoineamh ar éirí as agus jab a lorg sa bhaile mór."

Bhí an tae go hálainn. D'ith Saeidí a dóthain agus níor smaoinigh sé ar feadh tamaill ar a briseadh chroí, ar Shergio ná ar an mbean a chonaic sí sa ghluaisteán leis. Shuigh Páidí ag an mbord in éineacht leo ach níor dhein se moill. D'imigh sé ar ais ar an deic a *luaithe agus a bhí a chuid ite aige. Chabhraigh sí le Cathal an bord a ghlanadh agus na gréithre a ní.

"Ar mhaith leat braon uisce beatha?" ar seisean nuair a bhí an obair déanta. D'oscail sé buidéal agus bhí braon ag an mbeirt acu. Bhí gach rud ciúin lasmuigh i ndiaidh na *fearthainne. Ag leathuair tar éis a deich, chuaigh an bheirt acu suas ar an deic. Deireadh mí an Mheithimh a bhí ann. Bhí an oíche an-gheal. Ní raibh cóta ar Shaeidí ach ní raibh sí fuar.

"Cén aois thú?" a d'fhiafraigh Cathal di.

"Tá mé beagainín níos sine ná tusa. Ach níl me chun a thuilleadh a rá. Níor chóir dom m'aois a insint duit," a dúirt sí leis agus í ag gáire.

"An bhfuil post éigin agat sa bhaile?"

"Is múinteoir bunscoile mé. Tá mé ar saoire faoi láthair."

"An maith leat an jab sin?"

15

"Is maith liom. Is brea liom a bheith ag plé le páistí óga. Bíonn siad an-oscailte agus an-ionraic, an chuid is mó den am. Tá rang a ceathair agam agus creideann siad gach rud a deirim. Is breá liom é sin. Tá an t-ádh liom i ndairíre. Gach lá, suíonn siad os mo chomhair amach ag ól mo chuid focal. Tá draíocht éigin ag baint le sin."

Shíl Cathal go raibh draíocht éigin ag baint leis an mbean óg seo a bhí ag caint leis amuigh ar dheic an bháid, faoi sholas na gealaí. Bhí an ghaoth ag séideadh a folt rua thar a haghaidh. *Chinn sé ar cheist dána a chur uirthi.

"An bhfuil tú ag dul amach le haon duine?" a d'fhiafraigh sé di.

"Tá. Bhuel, bhí. Ach, éist, tabhair aire do do ghnó féin," a dúirt sí leis agus í ag gáire. Cé nach raibh fonn uirthi an cheist a fhreagairt thaitin sé léi gurbh fhiú leis an cheist a chur. D'fhan sí ina tost ar feadh nóiméid, ag machnamh. "Bhuel, caithfidh mé a rá, nach bhfuil freagra simplí ar do cheist." a dúirt sí leis ar deireadh.

"Ceart go leor. Gabhaim pardún agat. Níor theastaigh uaim a bheith *ró-fhiosrach."

"Is scéal casta é," a dúirt Saeidí, "ach os rud é go ndeachaigh mé isteach ar do bhád gan cead agus gur thit mé i mo chodladh ar do leapa is dócha gur chóir dom an scéal a insint duit." D'fhéach sí isteach i súile Chathail agus thuig sí go bhféadfadh sí a bheith oscailte leis. D'inis sí a scéal dó.

"Níl a fhios agam conas a chríochnóidh cúrsaí," a dúirt sí nuair a bhí a scéal inste aici. "Chuir mé mo mhuinín ann. Is amadán mé toisc gur chuir mé muinín ann agus is amadán mé gur theith mé uaidh toisc go bhfaca mé le bean eile é. Níor fhéad mé mo shúile a chreidiúint nuair a chonaic mé an bheirt acu *snaidhmthe ina chéile. Cheap mé gur mise an t-aon

snaidhmthe ina chéile – *embracing each other*
chinn sé – *he decided*
fiosrach – *inquisitive, curious*

bhean a bhí aige. Nach mé a bhí amaideach?" Stop Saeidí agus thit na deora uaithi. Bhí a croí *gortaithe go dona ag Sergio. Shín Cathal *ceirt chuici agus thriomaigh sí a haghaidh. "Go raibh maith agat," a dúirt sí.

"Rith mé, agus chuaigh mé i bhfolach ar do bhád-sa mar bhí cineál *déistine orm. Bhí an bheirt acu ina luí le chéile, ar suíochán cúil an ghluaisteáin."

"Á, is docha go dtuigim anois," a dúirt Cathal. "Tá brón orm faoi sin. Tá sé deacair nuair a tharlaíonn sé sin. An mbeidh braon eile agat?"

"Beidh, go raibh maith agat." Líon sé a gloine.

"Agus chonaic sé tusa agus rith sé i do dhiaidh? B'fhéidir go raibh sé ag iarraidh míniú a thabhairt duit. B'fhéidir go bhfuil míniú simplí ar an scéal."

"Má tá níl mé ag iarraidh éisteacht leis."

Ól siar é sin," a dúirt Cathal. "Cuirfidh sé codladh ort."

D'ól an bheirt acu. Ní raibh gíog as an bhfarraige. Bhí an saol ciúin mórthimpeall orthu. Bhí an ghealach go hard sa spéir agus cheap Saeidí go mbrisfeadh a croí. Bhraith sí na deora ag teacht arís.

"Ná bac leis anois," a dúirt Cathal. "Téigh síos más maith leat agus bíodh codladh agat. Fanfaidh mise agus Páidí anseo. Ní ghá duitse fanacht amuigh san oíche. Tá jab le déanamh againne."

"Ba bhreá liom dul a chodladh anois. An bhfuil tú cinnte?"

"Tá mé, ar aghaidh leat."

"Go raibh maith agat. Oíche mhaith agat mar sin."

"Oíche mhaith.."

gortaithe – *hurt, wounded*   déistin – *disgust*
ceirt – *piece of cloth*

"Oíche mhaith.."

"Glaoigh orm má tá cabhair ag teastáil uait."

"Déanfaidh mé, a Shaeidí."

"Oíche mhaith agat."

"Oíche mhaith."

Chuaigh sí síos agus luigh sí ar an leaba arís. Thit sí ina codladh láithreach agus éadaí Chathail fós uirthi.

V

Eachtra le bád eile

"Stad. Cá bhfuil tú ag dul? Ní féidir leat é seo a dhéanamh. Stad. In ainm Dé. Cad tá á dhéanamh agat? Tar ar ais."

Chuala sí guth Chathail agus d'oscail sí a súile. Bhí an oíche ann go fóill. Chuala sí Cathal ag béicíl agus *ag impí ar dhuine éigin filleadh ar an mbád. Mhothaigh sí rud éigin ag bualadh i gcoinne an bháid agus léim a croí isteach ina béal. Chuaigh sí suas ar an deic. Bhí Cathal ina sheasamh ag taobh an bháid agus é ag béicíl agus ag *bagairt a dhoirn le *bád seoil a bhí ag imeacht leis faoi luas.

Ansin chonaic sí í, bean bheag dhorcha a bhí ina seasamh, cosúil le dealbh, ar an deic. Bhí sí *torrach. Ní raibh i bhfad eile le dul aici, smaoinigh Saeidí. Bhí sí ag caoineadh go tostach agus bhí mála láimhe ina gleic aici. Cheap Saeidí nach raibh sí ach leath ina dúiseacht.

ag impí – *imploring*
bagairt – *threaten*

bád seoil – *yacht, sailing boat*
torrach – *pregnant*

D'fhan Saeidí ag féachaint uirthi ar feadh nóiméid. Cad as ar tháinig sí? Níor fhéach an bhean uirthi ar chor ar bith. Ba léir go raibh scanradh uirthi. Bhí cóta dubh á chaitheamh aici agus bhí sciorta gorm le feiceáil ag gobadh síos faoi'n gcóta. Bhí scairf daite ceangailte faoin a smig agus gruaig dhubh fhada faoi seo. Bhí súile móra dubha aici agus an scanradh le feiceáil go soiléir iontu. Bhí greim docht ag an dá láimh aici ar a mála láimhe. Bhí péire bróga arda le cnaipí órga ar a cosa. Ní raibh na bróga oiriúnach ar chor ar bith don bhád. D'fhéach Saeidí ar na bróga agus ansin ar aghaidh scanraithe na mná. Bhí cuma an-uaigneach uirthi agus bhí fonn ar Shaeidí cabhrú léi.

Bhí Cathal ina sheasamh fós ag taobh an bháid, agus a dhroim leis an mbeirt bhan Bhí sé ag béicíl go fóill leis an duine a bhí sa bhád seoil.

"A *phleidhce, cas agus tar ar ais láithreach. Cad tá a dhéanamh agat? Ní féidir leat é seo a dhéanamh? Bhfuil tú as do *mheabhair? Cad is ainm don bhean seo? Cé hí? Cá bhfuil tú ag dul?"

Faoi dheireadh, chas sé ar an mbeirt bhan a bhí taobh thiar dó agus ar Pháidí a bhí ag seasamh ag an roth stiúrtha.

"Imithe, tá sé imithe. Tá sé seo do-chreidte," a bhéic sé.

"Cad tá ar siúl?" a d'fhiafraigh Saeidí de.

"Tá an pleidhce sin tar éis an bhean seo a fhágáil ar bhord an bháid. Thug sé an bád seoil isteach in aice linn, agus chuir sí an bhean ar bord gan rud ar bith a rá. Bhí Páidí ag obair leis na líonta agus bhí mise ag an roth stiúrtha agus sular ar fhéad mé rud ar bith a dhéanamh bhí sé imithe. Ach ba chóir dúinn dul síos. Tá an bhean seo préachta leis an bhfuacht agus tá sí scanraithe chomh maith. Nuair a bheidh sí níos teo b'fhéidir go mbeidh sí in ann an scéal a mhíniú dúinn."

meabhair: as do mheabhair – *out of your mind*
pleidhce – *fool*

Ba léir go raibh fearg air leis an duine a bhí tar éis teitheadh. *Chúlaigh Saeidí ar ais go dtí an cábán. Lean Cathal agus an bhean óg í. D'fhéach Saeidí uirthi. Thaispeáin sí an suíochán adhmaid di agus shuigh sí féin síos ar an leaba. D'fhéach sí ar an mbean a bhí ag iompar clainne agus í ag teacht go deireadh a tréimhse de réir dealraimh. Thosaigh an bhean ag caoineadh. D'fhéach Cathal agus Saeidí ar a chéile. Bhí siad i gcruachás ceart go leor.

chúlaigh sí – *she moved back*

VI

Bean eile ar bord

"Suigh síos," a dúirt Cathail leis an mbean torrach. Rug sé go cineálta ar a *huillinn agus thug go dtí an suíochán í. Sheas sé os a comhair. "Cath-al," a dúirt sé go mall agus go hard agus d'fhéach sé ar Saeidí chun a hainm a rá léi freisin.

"Sae-idí," a dúirt Saeidí léi.

Shuigh an bhean torrach. Ansin, chrom sí a ceann agus thosaigh sí ag gol arís. Ar ball, d'fhéach sí go cúthaileach orthu. Bean bheag í. Ba mhór an difríocht idir a folt dorcha agus folt rua Shaeidí. Ba mhór an difríocht idir an bheirt bhan. Bhí Saeidí ard agus oscailte, cainteach, meidhreach, de ghnáth. Bean bheag, chiúin chúthaileach a bhí sa bhean eile. Ba léir go raibh sí scanraithe ag na scáthanna éagsula ar an mbád mar léimeadh sí le heagla ón suíochán go minic. Shín Saeidí amach a lámh agus chraith sí lámh léi.

uillinn – *elbow*

"Saeidí is ainm dom," a dúirt sí arís ag féachaint isteach i súile na mná. Choimeád sí lámh na mná agus *d'fháisc sí í.

"Magda," a dúirt an bhean chiúin faoi dheireadh. "Magda."

"Magda," a dúirt Cathal agus Saeidí le chéile agus áthas orthu a bheith ag gluaiseacht ar aghaidh sa chomhrá.

"Go hiontach," a dúirt Cathal. "Lean ort," a dúirt sé le Saeidí. "Tá ag éirí leat."

"An bhfuil cupán tae ar fáil ar chor ar bith, a chaptaein?" a d'fhiafraigh Saeidí de Chathal.

Rinne Cathal cupán tae don bheirt bhan. Thug sé cupán tae do Mhagda agus ceann do Shaeidí. Dhein sé cupán dó féin ansin agus shuigh sé síos leis.

"Tá an bhean ag iompar clainne. Cheap mé go raibh cúrsaí go dona agus bean amháin ar bord. Anois tá beirt acu ann. Cuireann sé seo *barr donais ar an scéal," a dúirt sé agus é ag caint os ard leis féin agus ag breathnú ar Mhagda ag an am céanna. Ba léir, áfach, nach raibh tuairim ag Magda a raibh á rá aige.

d'fháisc sí – *she pressed*
barr donais – *crowning misfortune*

VII

Cupán eile tae

Stán Magda orthu, í ag sú isteach gach rud lena súile móra.

"Inis dom ar tharla," arsa Saeidí le Chathal. "Bhí mé féin i mo chodladh ach dhúisigh me nuair a bhuail rud éigin i gcoinne an bháid."

"Tháinig an bád seoil suas díreach in aice linn. Bhuail sé i gcoinne an bháid ceart go leor. Thug sí sonc trom dúinn-ne. Agus sula raibh seans agam aon rud a dhéanamh bhí an bhean seo ag *dreapadh isteach agus bhí an bád eile ag imeacht. Chuaigh sí síos ar a glúine agus thosaigh sí ag caoineadh. Tá sé *do-chreidte. Tá sé *mídleathach. Níor stop an fear, ach fear a bhí ann, tá mé cinnte de sin agus bhí sé ag béicíl rud éigin ach níor chuala mé cad a bhí á rá aige. Ceapaim go n-aithneoinn arís é, ach ní thuigim cad a bhí ar siúl aige. A leithéid de rud."

D'fhéach Saeidí ar Mhagda. Bhí sise ag féachaint ar Chathal agus na súla móra dubha ag stánadh air. Smaoinigh Saeidí ar

24

dreapadh – *climb*
do-chreidte – *unbelievable*
mídleathach – *illegal*

phictiúr de bhean uasal ó aimsir Eilís a hAon Shasana a bhí ar crochadh i dteach a seanathar – na *malaí dorcha, an cneas bán, an clár éadain ard agus an aghaidh tanaí. Tháinig sí ó am agus áit eile a bhí i bhfad i bhfad i gcéin uathu. Bhí an bhean seo cosúil leis an mbean uasal sin sa phictiúr. De réir a chéile bhí sí ag éirí níos suaimhní. Ní raibh sí ag gol a thuilleadh agus thosaigh sí ag ól an tae. D'fhéach an triúr acu ar a chéile.

"Ceapaim go bhfuil Magda ag titim i ngrá leat," a dúirt Saeidí leis agus í ag magadh faoi.

"Magda," a dúirt Cathal. "Seo í mo bhean." Chas sé ar Shaeidí agus leag sé a lámh timpeall a guaille. D'fhéach Cathal uirthi agus dhein sé gáire. Chrom sé a cheann agus phóg sé í. Fágadh Saeidí ina staic. Níor fhéad sí caint ar feadh tamaill. Póg ghairid a bhí ann ach mhothaigh sí an phóg ag dul go *smior inti ar nós *splanc tintrí. Cad a bhí tar éis tarlú? Níor fhéad sí focal a rá. Níor fhéad sí smaoineamh. Dhún sí a súile ach ar eagla go n-imeodh sé, d'oscail sí a súile go tapaidh arís. Bhí Cathal ag stánadh uirthi i gconaí, miongháire ar a aghaidh. Ba léir nár thuig Magda a raibh á rá ag Cathal ach chonaic sí an bheirt acu ag breathnú ar a chéile amhail agus go raibh gaol speisialta eatarthu.

Thaispeáin Cathal an leaba do Magda agus thóg sé an cupán folamh uaithi. *Threoraigh sé go dtí an leaba í. Luigh Magda síos air. Luigh sí siar agus dúirt sí: "*Faleminderit, faleminderit, Cath-al."

Bhí tost ansin. Cheap an bheirt go raibh sí ina codladh. B'fhéidir nach raibh ach ba chuma. Bhí sí ag *ligean a scíthe agus ní raibh sí chomh scanraithe agus a bhí nuair a tháinig sí ar bord. Chuaigh Cathal suas agus labhair sé le Páidí a bhí ag tiomáint an bháid.

---

malaí – *eyebrows*   threoraigh sé – *he directed*
go smior – *to her very centre*   faleminderit – gura maith agat
splanc tintrí – *a flash of lightning*   scíth a ligean – *rest*

"Leanaimís ar aghaidh amach i líne dhíreach soir ó dheas ón teach solais," a dúirt sé leis.

"Ceart go leor, a chaptaein," a dúirt Páidí.

Lean Saeidí amach ar an deic é. Sheas an bheirt acu ag féachaint amach ar an bhfarraige.

"Tá sé ciúin anois," a dúirt Cathail.

"Tá."

"Codlóidh sí go maidin, déarfainn."

"Codlóidh, tá súil agam. Ní dóigh liom go bhfuil sí ar *fónamh," a dúirt Saeidí.

"Ach cad a dhéanfaimid léi nuair a dhúiseoidh sí?" a dúirt Cathal.

"An bhfuil tú buartha?" d'fhiafraigh Saeidí de.

"Beagáinín."

"Is dócha go dtagann sí ó áit éigin in oirthear na hEorpa. Is cosúil í le muintir na Rómáine nó na hIúgsláive nó áit éigin mar sin."

"Is dócha. Agus is cinnte go mbeidh trioblóid ann nuair a thabharfaimid i dtír í agus nuair a déarfaidh mé leis na gardaí gur fágadh ar bord mo bháid í amuigh ar an bhfarraige. Cé chreidfeadh an scéal?"

D'fhan an bheirt acu ina dtost ar feadh tamaill. Níor labhair ceachtar acu.

"Tá áthas orm anois go bhfuil tú liom ar an turas," a dúirt Cathal.

"An bhfuil. Go maith. Bhí an t-ádh liom gur phioc mé an bád seo. B'fhéidir nach mbeadh *úinéirí na mbád eile comh

fónamh: ar fónamh – in good health
úinéir – owner

tuisceanach sin," arsa sí. Nó chomh románsúil sin ach oiread a smaoinigh sí, ach ní dúirt sí os ard é.

Ach bhí an chuma air go raibh Cathal in ann a smaointe a léamh mar bhog sé isteach in aice léi agus é ag breathnú amach ar an bhfarraige. Ní raibh boladh an díosail nó boladh an éisc ag cur isteach uirthi a thuilleadh. Ar feadh nóiméid cheap Saeidí go raibh sé chun í a phógadh arís agus chas sí a haghaidh ina threo. Bhí lámh Chathail timpeall ar a guaillí agus a cheann catach ag cromadh síos chuici nuair a chuala siad scréach uafásach teacht ón gcábán thíos futhu. Thuig Saeidí láithreach an rud a bhí ag titim amach. Bhí Magda ag tosnú leis an mbreith. Dhírigh Cathal é féin agus stán Saeidí air. Lean an béicíl.

"*Te lutem, te lutem, me ndihmo,"* a bhéic Magda.

"An bhfuil a fhios agatsa conas cabhrú léi?" a d'fhiafraigh Cathal agus an bheirt acu ag dul síos an staighre go dtí an cábán.

te lutem, me ndihmo – le do thoil, cabhraigh liom

VIII

An bhreith

Ba léir go raibh na pianta go dona mar bhí aghaidh Mhagda go hainnis. Bhí sí ag casadh ar an leaba. Bhí a glúine in airde aici agus bhí sí ag impí orthu ina teanga féin cabhair a thabhairt di. Chonaic siad spotaí fola ar an leapa.

"Caithfimid dochtúir a fháil di go han-tapaidh. Beidh ort casadh ar ais láithreach. Déan ar an gcuan. Cén fhad a thógfaidh sé an Dún Mór a bhaint amach?" a d'fhiafraigh Saeidí.

"Dhá uair a chloig má fhanann an fharraige ciúin ach tá eagla orm go bhfuil stoirm eile ag éirí." Chuaigh sé suas ar deic agus dúirt sé le Páidí go raibh siad chun dul ar ais go dtí an Dún Mór.

D'fhill sé ar Shaeidí. "Ceapaim go bhfuil sí i gcruachás," a dúirt Saeidí. "Cuir an citeal ar siúl. An bhfuil *bráillíní nó tuáille agat? Bíonn siad-san ag teastáil i gcónaí, ach go háirithe sna scannáin, nuair a bhíonn bean i gcrúachás mar seo."

bráillíní – *sheets*

"Cad chuige?"

"Bhuel, níl a fhios agam i ndáiríre ach bíonn uisce *fiuchta agus bráillíní stróicthe ag teastáil go géar i gcónaí ag am mar seo," a dúirt Saeidí leis.

"An mbíonn? Ceart go leor. Ach, fan. Tá fadhb ann. Ní dóigh liom go bhfuil bráillíní agam ar bord? Níl aon rud mar sin againn anseo," a dúirt Cathal léi. Stán an bheirt acu ar a chéile. Bhí an bhean bhocht ag béicíl agus cé nár thuig siad a raibh á rá aici ba léir go raibh sí ag impí ar an mbeirt acu rud éigin a dhéanamh.

"Táimid i gcrúachas, a Chathail."

"Bhuel, gheobhaidh mé pé rud is mian leat, pé rud atá againn ar bord, gheobhaidh mé duit é agus don bhean seo," a d'fhreagair sé agus é ag stánadh ar Magda. Bhí Magda ag síorchasadh ar an leaba. Bhí eagla ar Shaeidí. Sheas an bheirt acu ag féachaint uirthi. Níor bhog Cathal. Cheap Saeidí ar feadh nóiméid go raibh sí sáite i *dtromluí – an bád ag luascadh, bean bheag ag scréachadh ar leaba cúng i seomra dorcha i dteanga nár thuig Saeidí, Cathal ina staic lena taobh, *stuacán de bhuachaill thuas ar an deic, nach raibh de mhisneach aige aon rud a rá agus an fharraige ag éirí feargach mórthimpeall orthu.

"A chaptaein, tá an t-uisce ag teastáil uaim láithreach,," a dúirt Saeidí. "Anois, déan é anois," a bhéic sí. "Tá an bhean ag impí ort." Léim Cathal. Chuir sé an t-uisce ar siúl agus chuaigh sé sa *tóir ar na bráillíní.

Dhein Saeidí a dícheall Magda a dhéanamh níos compordaí. Shocraigh sí na blaincéid agus an pilliúr. Thóg sí lámh Mhagda agus chuimil sí a ceann. Bhí a ceann te, agus bhí s í ag caint gan stad. Cé nár thuig Saeidí a raibh á rá aici, thuig sí a raibh ag teastáil uaithi – a leanbh a shábháil.

---

fiuchta – boiling
tromluí – *nightmare*

stuacán – *sulky person*
tóir: chuaigh sé sa tóir ar – *he went to hunt for*

"*Ma shpeto femijen, ma shpeto femijen," a dúirt sí arís agus arís eile.

Scaoil sí osna mhór aisti agus cheap Saeidí nuair a d'fhéach sí uirthi go bhfaca sí ceann an pháiste ag bogadh amach. Bhí a fhios aici go raibh am an *ghátair tagtha.

"A Chríost! A Chathail, tar anseo. Níl an leanbh seo chun fanacht go mbainfimid An Dún Mór amach. Tá sé nó sí ar an mbealach."

ma shpeto femijen – sabháil mo leanbh
gátar: am an ghátair – *the time of need*

IX

Cabhair ag teastáil
ó Gharda an Chósta

"A Íosa, caithfidh mé glaoch a chur ar Gharda an Chósta. Tá cabhair ag teastáil uainn go géar." D'imigh Cathal chuig *painéal cumhachta an innill chun an raidió a úsáid.

"Hello, hello. An Cailín Rua anseo. Tá cabhair ag teastáil uainn láithreach. An gcloiseann sibh mé. Tar isteach, tar isteach. Ar ais chugat."

Chuala Saeidí na *cnaipí á gcasadh aige agus fuaim na staitice. Ansin, go soiléir, tháinig an guth ar ais."Garda an Chósta anseo. Cad atá cearr? Ar ais chugat."

"Ta bean ar bord agus tá sí i gcruachás, tá sí ag *breith clainne. Ar ais chugat."

"Hello An Cailín Rua. Cá bhfuil tú suite? Seo Gárda an Chósta. Táimid ábalta tú a chloisteail. Cá bhfuil sibh? Ar ais chugat."

31

painéal cumhachta – *control panel*
cnaipí – *buttons*
breith clainne – *giving birth*

Ní raibh Saeidí ábalta a thuilleadh a chloisteáil mar thosaigh Magda ag screadaíl arís.

"Beidh siad anseo i gceann tamaillín," a dúirt Cathal nuair a chas sé ar ais chucu.

Bhí an chuma ar Mhagda gur thuig sí go raibh cabhair ag teacht mar d'éirigh sí níos suaimhní agus stad sí den ghol. Chuaigh Saeidí suas ar deic agus d'fhéach sí siar i dtreo bun na spéire. I gceann tamaill, chonaic sí solas báid a bhí ag taisteal go réidh tríd an uisce, ag druidim leo. Tar eis tamaill eile, chuala sí inneall an bháid agus i gceann cúpla nóiméad tháinig an bád in aice leo. Bhí solas láidir ag soilsiú uaidh a *ghealaigh gach rud ar an bhfarraige os a chomhair amach. Tháinig triúr fear ar bord an bháid. Ba dhochtúir duine acu agus lean sé Saeidí síos go dtí an cábán chun féachaint ar Mhagda. Bhí a mhála dubh ina lámh aige. Bhí Magda ag gol arís. Ba léir go raibh sí i bpian. Dhein an dochtúir scrúdú uirthi. Bhraith sé *cuisle Mhagda. "Tá mé chun *instealladh a thabhairt di," a dúirt sé le Saeidí.

Chuir an dochtúir masc ar bhéal Mhagda chun cabhrú léi análú agus thug sé instealladh di. *Chuimil Saeidí a héadan le ceirt fhliuch agus thóg sí a lámh ina lámh féin chun misneach a thabhairt di.

D'fhéach Magda ar Shaeidí agus *sceoin ina súile. Bhí eagla ar Shaeidí freisin. Bhí dath *mílítheach ar Mhagda agus bhí sí ag cur *allais go tréan. Bhí fuil ag leathnú amach uaithi i lár na leaba. Bhí *greim an fhir bháite aici ar lámh Shaeidí. Bhraith Saeidí an bád ag bualadh i gcoinne an bháid eile. Bhí an dochtúir ag scrúdú ceann an linbh a bhí le feiceáil go soiléir anois. Chuaigh an pictiúr go mór i bhfeidhm ar Shaeidí. "Seo miorúilt na beatha," a dúirt sí léi féin. Tús saoil an linbh seo, agus ise i láthair chun é a fheiceáil. Tháinig na deora isteach

ghealaigh – *lit up*
cuisle – *pulse*
chuimil sí – *she rubbed*
sceoin – *terror*

mílítheach – *pale*
ag cur allais – *sweating*
greim an fhir bháite – *drowning man's grip*

ina súile. Ach ansin tháinig cuma bhuartha ar aghaidh an dochtúra. Bhí an páiste réidh chun teacht amach ach ba léir go raibh cosc de chineál éigin ann. Bhí an chuma ar Magda go raibh sí ina codladh. Thug an dochtúir le fios go raibh sí *gan aithne gan urlabhra.

gan aithne gan urlabhra – *unconsciús*

X

Socrú an dochtúra

"Caithfimid í a thógáil go dtí an t-ospidéal i bPort Láirge," a dúirt an dochtúir.

"Ceart go leor," a dúirt Saeidí, agus í ag féachaint ar aghaidh mhílitheach Mhagda.

"Níl aon am le spáráil againn. Cad is ainm duitse?" a d'fhiafraigh an dochtuir de Shaeidí, ag casadh uirthi go tobann.

"Saeidí."

"An féidir leatsa a cuid éadaí a fháil agus teacht linn?"

"Ceart go leor. Ní bheidh mé ach nóiméad."

Rith an dochtúir ar aghaidh. Ghlaoigh sé ar an mbeirt fhear a bhí ag fanacht ar an deic in éineacht le Cathal agus Páidí.

Tháinig siad anuas agus chuir siad Magda ar an *sínteoir. Cheangail siad na criosanna sábhála timpeall uirthi agus

sínteoir – *stretcher*

d'ardaigh siad í agus d'iompair siad suas dreimire an bháid í. Lean Saeidí iad. D'fhéach sí ar Chathal. Bhí sí ag lorg *comhartha de chineál éigin uaidh. Ar theastaigh uaidh go bhfanfadh sí. Níor theastaigh uaithi é a fhágáil mar seo. Ní raibh ach cúpla nóiméad ann go dtí go mbeadh an sínteoir curtha trasna acu chuig an mbád eile agus i gceann nóiméid bheadh na fir imithe agus Saeidí ar bord in éineacht le Magda.

Ní dúirt Cathal mórán. "Slán libh. Go n-éirí ádh libh." D'fhéach sé ar Saeidí ach ní dúirt sé focal ar bith eile. Sheas sé ar deic a bháid féin ag breathnú ar an mbád tarrthála. D'fhág Saeidí slán aige agus ag Páidí. "Go raibh maith agat as an *dídean," a dúirt sí leis sular thosaigh inneall an bháid tarrthála ag *casachtach. Shleamhnaigh na báid amach óna cheile, Magda in éineacht le Saeidí ar bord le chéile. Tar éis tamaill bhí siad imithe agus thosaigh Cathal agus Páidí ag obair arís – ag ullmhú na línte. D'fhéach Saeidí siar nuair a bhí siad ag gluaiseacht. Bhí go leor solais ann chun ainm an bháid a dhéanamh amach, é scríofa i litreacha dearga An Cailin Rua. Ansin thit an dorchadas timpeall ar An Cailín Rua arís. Chlúdaigh an oíche gach rud.

Chuaigh an bád tarrthála ar nós na gaoithe i dtreo an talaimh. Bhí an dochtúir in aice le Magda an t-am go léir. I gceann tamaillin bhí siad ag cúlú isteach i dtreo bhéil an chuain. Bhain siad an ché amach agus bhí *otharcarr ann chun an bhean torrach a bhailiú. D'imigh Saeidí in éineacht le Magda go dtí ospidéal Phort Lairge. Thug fir an otharchairr isteach san ospidéal ar shínteán í. Lean Saeidí iad agus d'fhan sí le Magda an chuid eile den oíche. Bhí an ghrian ag éirí nuair a rugadh an leanbh, buachaill beag, é dubh dorcha cosúil lena mháthair.

comhartha – sign   casachtach – coughing
dídean – shelter   otharcharr – ambulance

Lig do/di
Lig daoibh

XI

Ar ais le Sergio

Nuair a bhain Saeidí an baile amach chuaigh sí a luí agus chodail sí go meán lae an lá dár gcionn. Nuair a d'éirigh sí smaoinigh sí ar glaoch teileafóin a dhéanamh ar an ospidéal agus eolas a lorg faoi Mhagda. Ach ní raibh fhios aici a *sloinne nó cárbh as í. B'fhéidir go mbeidh ceisteanna ag an ospidéal má dheirim go raibh mé ar an mbád le Magda agus go gcuirfidh mé Cathal i dtrioblóid, a smaoinigh sí. Níor fhág sí an teach an lá sin. Bhí eagla uirthi go mbuailfeadh sí le Sergio. An lá dar gcionn chaith sí an mhaidin ag glanadh an tí. Bhí sí ag iarnáil éadaí tar éis lóin nuair a bhuail an teileafón. D'aithin sí a ghuth láithreach.

"Saeidí, cá raibh tú? Bhí mé sa tóir ort. Tá mé caillte gan tú. Lig dom rudaí a mhíniú duit. Lig dom béile a cheannach duit. Lig dom a mhíniú duit cad a tharla. An bhfuair tú na bláthanna?"

D'fhéach Saeidí ar na rósanna áille a bhí curtha i gcrúiscín ar an mbord aici.

sloinne – *surname*

"Fuair mé iad. Tháinig siad ag am lóin. Ní raibh a fhios agam gur tusa a sheol chugam iad. Go raibh maith agat. Ní raibh sé de cheart agat iad a chur chugam."

"Nuair a smaoiním ort, smaoiním ar rósanna. Sin í an fhírinne. Féach amach an fhuinneog," a dúirt sé.

D'fhéach Saeidí amach agus bhí Sergio thíos ar an gcosán ag fanacht ar í theacht go dtí an doras. Bhí sé gléasta mar ba ghnáth leis – go néata, *slachtmhar, a ghruaig cíortha siar, culaith dubh agus carabhat air agus snas ar gach rud. Bhí a bhróga ag *glioscarnach sa ghrian. Bhí sé glanbhearrtha agus bhí Saeidí in ann boladh láidir an *chumhráin iar-bhearrtha a shamhlú. D'ardaigh sí a lámh agus bheannaigh sí dó. Bhraith Saeidí a croí ag preabadh. Bhí Sergio ábalta í a mhealladh gan aon stró. Bhí *iompar duine uasail aige. D'fhéadfadh sé na héin a mhealladh ó na crainn, bhí sé chomh dathúil sin. Ansin tháinig pictiúr os comhair a súile den charr ar an gcé, carr Sergio trí lá ó shin. Bhí sí amuigh ag siúl nuair a d'aithin sí a charr. Léim a croí le háthas agus rith sí síos. Ní dhéanfadh sí dearmad go deo ar an radharc sa charr – Sergio agus bean ina luí le chéile sa chúl. D'aithin sí an bhean. Ba í *bainisteoir na bialainne bige sa bhaile mór. D'fhéach sé síos ar Shergio arís. Cé go raibh a chneas donn, bhí a ghruaig fionn agus bhí sé an-bhródúil as a fholt gruaige. Leagadh sé lámh air go cúramach ó am go ham, d'fhéachadh sé isteach i bhfuinneog nó i scathán chun é a sheiceáil agus chun a chinntiú go raibh an *gel* ag obair i gceart. Chuimhnigh Saeidí ar mhothall mór gruaige Chathail agus é á shéideadh de shíor ag gaoth na farraige. Ní fheadfadh sí é a shamhailt ag cur *gel* air.

"Tar amach liom anocht, a ghrá gheal," a dúirt Sergio léi ar an bhfón póca agus miongháire ar a aghaidh. "Lig dom béile a cheannach duit. Caithfidh tú seans a thabhairt dom."

slachtmhar – *smartly*
glioscarnach – *shining*
cumhrán iarbhearrtha – *after-shave lotion*

iompar duine uasail – *noble bearing*
bainisteoir – *manager*

Tá Sergio i ngrá leis fein, a smaoinigh sí. Ceapann sé gur dia é agus go n-éiríonn an ghrian air. Bhí Saeidí den tuairim freisin gur air a d'éirigh an ghrian nuair a thit sí i ngrá leis. Bhí sé lán de *mhuinín. Bhí sé máistriúil. Bhí sé saibhir. Ghlac sé leis i gcónaí go mbeadh Saeidí sásta dul amach in éineacht leis agus an chuid is mó den am, bhí Saeidí sásta a bheith in éineacht leis – go dtí an tráthnóna sin trí lá ó shin. Cheap sí an tráthnóna sin nár theastaigh uaithi é a fheiceáil go deo arís.

Ach anois bhí *cathú mór ar Saeidí rith síos an staighre agus an doras a oscailt dó. An raibh a croí sáite ann i gcónaí? D'fhéach sí síos arís air, ar a fholt fionn, ar a aghaidh dathúil, ar a chulaith dubh, ar na bróga snasta. Nach é a bhí cinnte de féin, a smaoinigh sí.

"Ní féidir liom. Tá mé gnóthach. Cuir glaoch orm amárach," a dúirt sí. D'imigh sí isteach ón bhfuinneog. Bhí an t-iarann te tar éis poll a dhó ina léine. Bhí sí chomh tógtha sin le Sergio nach bhfuair sí an boladh. "Damnú ort" a dúirt sí os ard.

muinín – *confidence*
cathú – *temptation*

XII

Scéal nuachta ar an teilifís

Bhí sí ag ullmhú a dinnéir nuair a chuala sí an nuacht ar an teilifís ag a seacht.

"Tá Cathal Ó Cinnéide le *cúisiú ag na Gardaí as *teifeach ón Albáin a thabhairt isteach go mí-dhleathach sa tír. Tá an bhean, Magda Massinova, in ospidéal Phort Láirge faoi láthair in éineacht lena mac óg a rugadh dhá lá ó shin. Tháinig sí ar bord bhád an Chinnéidigh cúpla míle amach ó chósta Phort Láirge.

*Tuairiscítear go mbeidh Cathal Ó Cinnéide, iascaire as an Dún Mór, ag dul os comhair na cúirte maidin amárach," a dúirt an léitheoir.

Chonaic Saeidí Cathal ar an nuacht agus é gafa ag na Gardaí. Bhí *glais lámh air. Bhí a cheann cromtha aige agus bhí grianghrafadóirí ag brú isteach air ag iarraidh pictiúir a fháil.

39

cúisiú – *to prosecute*   tuairiscítear – *it is reported*
teifeach – *refugee*   glais lámh – *handcuffs*

"Tá an bhean a bhí in éineacht leis ar an mbád agus a chuaigh leis an Albáineach mná go dtí an t-ospidéal, á lorg ag na Gardaí anois," a lean an tuairisceoir. Léim a croí le heagla.

Le sin, bhuail clog an dorais. D'oscail sí é agus baineadh *geit aisti. Sergio a bhí ann. Bhí cuma ghalánta air ina chulaith dubh, miongháire ar a aghaidh agus é lán-siúrálta de féin mar ba ghnáth leis.

"Tháinig mé chun tú a fheiscint i gceart," a dúirt sé.

"Caithfidh mé dul go dtí Stáisiún na nGardaí," a dúirt Saeidí. "Láithreach."

"Cén chúis?" a dúirt Sergio. Ar feadh nóiméid bhí cuma scanraithe ar a aghaidh.

"Mar...mar tá cara liom tógtha ag na Gardaí agus caithfidh mé cabhair a thabhairt dó. Is feidir leatsa mé a thiomáint ann."

"Ceart go leor, rachaidh mé leat," a dúirt sé.

"Ceart go leor ach ná déan *moill. Tá sé seo tábhachtach." Thiomáin siad i dtreo stáisiún an Gharda Síochána.

geit – *shock*
moill – *delay*

XIII

Cuairt ar Stáisiún na nGardaí

Stop Sergio an carr lasmuigh de Stáisiún na nGardaí. "Fanfaidh mise anseo," a dúirt sé, ag breathnú ar a charabhat i *scathán chliatháin an chairr. "Ná bí i bhfad."

Rith Saeidí isteach go dtí an stáisiún.

"Is mise an bhean atá á lorg agaibh," a dúirt sí leis an ngarda a bhí taobh thiar den chuntar.

"An tú?" a dúirt sé léi – súil amháin ardaithe go *hamhrasach aige. "Cad is ainm duit?"

"Saeidí Nic Gearailt," a d'fhreagair sí.

"Ceart go leor. Fan nóiméad mar sin. Tar isteach anseo, Saeidí. Beidh an cigire leat i gceann nóiméid." Fágadh i seomra beag í, ag fanacht ar an gcigire. Nuair a tháinig sé, d'inis sí an scéal iomlán dó, ón uair a rith sí síos ar an gcé agus isteach ar an mbád.

scathán cliatháin – *side mirror*
go hamhrasach – *doubtfully*

"Go raibh maith agat, a Shaeidí. Ní doigh liom gur féidir leat cabhrú linn a thuilleadh," a dúirt an cigire. "Tá d'uimhir gutháin againn. Níl tú ag dul as baile, an bhfuil?"

"Níl."

"Ceart go leor. Ní ghá duit fanacht anseo a thuilleadh. Slán leat," a dúirt an cigire léi agus shiúil sé amach an doras. Lean Saeidí é.

Amuigh in *ionad fáilte an staisiúin, d'iarr sí ar an ngarda cead a thabhairt di cuairt a thabhairt ar Chathal.

"Cúig nóiméad," a dúirt sé ag breathnú go géar uirthi agus iad ag siúl i dtreo an chillín. Bhí ríméad ar Chathal nuair a chonaic sé go raibh cuairteoir aige.

"Saeidí, cad tá á dhéanamh agatsa anseo? Tá siad ag iarraidh teacht suas leat. Bhí mo dhlíodóir chun iarracht a dhéanamh teacht ort amárach, cé nach dóigh liom go mbeidh tú ábalta cabhrú liom. Ní fhaca tusa aon rud an oíche sin ar an mbád. Bhí tú thíos sa chábán."

"Chonaic mé an bád seoil ag imeacht ach sin an méid, ach inis dom arís gach ar tharla. B'fhéidir go smaoineoidh tú ar rud éigin a thabharfadh *leid dúinn."

"Bhuel. Rinne siad gach rud faoi dhorchadas na hoíche. Mar a dúirt mé leat bhí Páidí ag obair leis na líonta agus bhí mise ag an roth stiúrtha. Bhí sé ciúin. Níor chualamar aon rud go dtí gur bhuail an bád seoil i gcoinne An Cailin Rua. Rith me amach agus scrúdaigh me taobh an bháid. Ní raibh aon damáiste déanta. Ach nuair a chas me timpeall, bhí Magda ag dreapadh ar bord. Ansin bhí sí ar a glúine agus í ag caoineadh. Nuair a d'fhéach sí suas, cheap me go ndúirt sí *serej, serej.*"

"*Serej,*" a dúirt Saeidí agus í ag athrá an fhocail. "*Serej.*"

"Sea," a dúirt Cathal go héadóchasach. "Sheas sí ansin agus

ionad fáilte – *reception area*
leid – *clue*

tháinig tusa amach ar an deic chun cabhrú léi. Tá a fhios agat gach ar tharla ina dhiaidh sin."

"Tá fhios agam nach raibh tú ag iarraidh teifeach mídhleathach a thabhairt isteach sa tír agus déarfaidh mé sin sa chúirt más maith leat."

"Níl sé chomh héasca sin," a dúirt Cathal. "Ní chreideann siad mé nuair a deirim nach raibh aithne agam ar Mhagda. Is teifeach mídhleathach í agus creideann siad gur thóg mé í ó bhád eile amuigh ar an bhfarraige agus go bhfuair mé airgead chun í a thabhairt i dtír."

"Ach nach bhfuil Magda ann chun a rá nach bhfuil sé sin fíor? Nach féidir leis na Gardaí í a cheistiú? Nach féidir léi insint dóibh faoinar tharla amuigh ar an bhfarraige."

"Níl sí sasta aon rud a rá. Níl Gaeilge ná Béarla aici pé scéal é agus tá sí ag iarraidh athair a mic óig a chosaint. Tá eagla an domhain uirthi chomh maith. Níl sí sásta aon rud a rá leis na Gardaí."

"Agus cé hé an t-athair?"

"Níl a fhios ag éinne. Is rún é sin go fóill. Agus níl a fhios ag éinne cé bhí ar an mbád eile an oíche sin, cérbh é an *cladhaire a d'fhág bean torrach mar sin ar bhád strainséartha amuigh ar an bhfarraige."

Shuigh an bheirt acu taobh le taobh sa chillín bheag agus rinne siad a machnamh. Cad a bhí le déanamh?

"Tá tú i *sáinn cheart."

"Tá. Is féidir leo mé a chúisiú ach ní bheidh an cás cúirte ann go ceann tamaill," a dúirt Cathal. "Idir an dá linn b'fhéidir go mbeidh mé in ann fháil amach cé bhí ag seoladh an bháid an oíche sin. Scaoilfear amach ar *bannaí amárach mé, a deir mo dhlíodóir, agus tá súil agam go bhfuil an ceart aige."

43

cladhaire – *scoundrel*
sáinn – *fix*
bannaí: ar bannaí – *on bail*

Ghlaoigh an garda ar Shaeidí ansin agus bhí uirthi imeacht. Bhí Sergio ag fanacht uirthi lasmuigh den stáisiún. "Tá bord curtha in áirithe agam sa bhialann sin ag bun na sráide. An féidir liom cuireadh a thabhairt duit dinnéar a ithe i mo theannta, a bhean uasail?"

Bhí ocras ar Shaeidí. Ní raibh béile ceart ite aici le trí lá. Ní raibh fonn uirthi dul abhaile agus ithe ina haonar. Ghlac sí le cuireadh Shergio. Bhí an bia go hálainn ach níor bhain Saeidí aon phleisiúr as. Bhí Sergio ag iarraidh fháil amach cén fáth go raibh sí i stáisiún na nGardaí agus *dhiúltaigh Saeidí aon rud a rá leis. D'éirigh sé crosta ansin agus an bealach ar fad ar ais go dtí árasán Shaeidí bhí an bheirt acu ina dtost. D'fhág sí slán ag Sergio ag an doras. "Ní theastaíonn uaim tú a fheiceáil arís," a dúirt sí agus dhún sí an doras sula raibh seans aige aon rud a rá. Ach bhí miongháire ar aghaidh Shergio. Níor chreid sé go mbeadh an scéal amhlaidh.

dhiúltaigh sí – *she refused*

XIV

I siopa an ghruagaire

Scaoileadh Cathal amach ar bannaí an lá dar gcionn. Bhí sé le
theacht os comhair na cúirte go luath agus ní raibh cead aige
dul amach ar an mbád go dtí sin. Is beag dóchas a bhí aige
faoin chás. Ní raibh aon tuairisc ar an mbád seoil. Ní raibh
Magda sásta rud ar bith a rá, fiú nuair a fuair na gardaí duine
chun labhairt léi ina teanga féin.

Tháinig feabhas ar Mhagda agus scaoileadh saor ón ospidéal
í. Fuair sí post sa Dún Mór, i siopa gruagaire Sergio. Ní raibh
a fhios ag Saeidí conas a tharla sé sin ach bhí áthas uirthi gur
éirigh le Magda post a fháil. B'fhéidir go raibh croí i Sergio tar
éis an tsaoil. Bhuail Saeidí léi i siopa Dunnes lá agus
chabhraigh sí léi éadaí a roghnú don leanbh. – Yan, a thug sí
air. Leanbh láidir *spraiúil a bhí ann. Bhain an bheirt bhan an-
sult as.

---

spraiúil – *playful*

45

Níor stad Sergio de bheith ag iarraidh Saeidí a mhealladh ar ais, ach níor thug Saeidí cúis dó aon dóchas a bheith aige. Ní raibh sí chun *géilleadh dó. Ba chuma le Sergio. Fad is a bhí Saeidí ag glacadh lena ghlaonna gutháin bhí sé ag buachaint.

Lá amháin bhí Sergio ag léamh an nuachtáin ag cuntar a shiopa gruagaire nuair a shiúil Saeidí isteach. Bhí an lá beagnach thart. Bhí sé timpeall a cúig a chlog um thráthnóna. Thug sí faoi deara go raibh Magda ag ní an urláir.

"Tá sí ag obair an-dian, nach bhfuil? An bhfuil sí láidir a dhóthain don obair sin, an dóigh leat?" a d'fhiafraigh sí de Sergio agus í ag breathnú ar Mhagda ar a glúine.

"Bí cinnte go bhfuil. Tá sí an-láidir agus tá sí an-sásta obair a dhéanamh. Ná bac léi. Tá sí ag iarraidh mise a shásamh."

"Ag iarraidh tusa a shásamh! Nach ortsa atá an t-ádh? Cathain ar chuir tu aithne uirthi?"

"O, chuaigh mé i dteagmháil léi nuair a scaoileadh amach as an ospidéal í. Bhí trua agam di. Tá gaolta agamsa ina gcónai san Albáin, tá a fhios agat."

"An bhfuil? Ní raibh sé sin ar eolas agam."

"Tá," a dúirt Sergio. Bhí cuma an-sásta air. Shín sé siar ar a stóilín agus miongháire mór ar a aghaidh. D'fhéach Saeidí go géar air ach ní dúirt sí a thuilleadh. Má bhí aithne ag Sergio ar mhuintir Mhagda san Albáin b'fhéidir go bhféadfadh sé fháil amach cé chuir go hÉirinn í.

"Agus tá sí an-sásta obair a dhéanamh dom," a dúirt Sergio. "Tar isteach anseo liomsa ar feadh nóiméid. Teastaíonn uaim rud éigin a thaispeáint duit."

Lean Saeidí isteach go cúl an tsiopa é. Theastaigh uaithi ceisteanna a chur air faoi Mhagda, ach níor thúisce iad imithe ó radharc na gcustaiméirí gur leag sé a lámha uirthi agus gur

46

thosaigh sé ag iarraidh í a phógadh.

"Stad, stad. Éist liom. Cad tá á dhéanamh agat. Féach anois. Stad agus féach ar Mhagda. Tá sí lag, Sergio. Níl sí ábalta an obair sin a dhéanamh," a dúirt sí.

"Tá sí láidir," a dúirt Sergio. "Tá sí lánábalta an t-úrlár a scuabadh. Ná bac léi. Tar anseo agus bí ag caint liom."

"Stad, Sergio."

"Á. Nach féidir leatsa iarracht a dhéanamh mise a shásamh cosúil le Magda," a dúirt sé ag breathnú amach ar an mbean a bhí ar a glúine agus í ag ní an urláir. Bhí a shúile móra chomh mealltach agus a bhí riamh. Bhraith sí í féin ag géilleadh dó ach go tobann chuimhnigh sí ar an gcómhrá a bhí aici le Cathal sa chillín i Stáisiún na nGardaí agus tharraing sí í féin uaidh.

"Ná bí i d'óinseach, Sergio. Is cladhaire tú. Is bréagadóir tú. Ná bí ag iarraidh mé a mhealladh. Tá sé ró-dhéanach é sin a dhéanamh anois. Tá an gaol a bhí eadrainn briste. Níl aon rud ann a thuilleadh. Is strainséirí sinn."

Chuaigh Saeidí amach go dtí Magda.

"Ar mhaith leat teacht go dtí mo theachsa anocht le haghaidh dinnéir?" a d'fhiafraigh sí di. Níor stad Magda den obair. D'fhéach sí go tapaidh ar Shergio sular fhreagair sí Saeidí.

"No, *faleminderit*. Ní féidir, Saeidí." Ach nuair a d'fhéach sí ar Shaeidí bhí a dá shúil lán de bhuíochas. Thuig Saeidí gur theastaigh ó Mhagda dul léi ach go raibh eagla uirthi roimh Shergio. D'fhéach sí ar cholainn tanaí agus aghaidh mhílitheach na mná. Ní raibh cuma na sláinte uirthi.

D'éirigh Saeidí crosta le Sergio arís. D'fhéach sí air agus é ina shuí ar a stól, ag féachaint amach an fhuinneog, fad is a bhí Magda ag obair go crua dó.

"Tiocfaidh tú liom, Sergio! Tá Magda ag críochnú go luath inniu. Tá sí ag teacht abhaile liomsa anois," a dúirt sí. Chuaigh sí go cúl an tsiopa agus thóg sí an cliabhán ina raibh Yan. Níor chas Sergio a cheann. "Déan é sin," a dúirt sé. "Maith go leor, Magda. Imigh leat. Tá mise ábalta an siopa a dhúnadh." D'fhéach Saeidí ar ais agus í ag gáire. "Is tú atá abalta," a dúirt sí go *dúshlánach, agus í ag imeacht. "Slán. Anois, Magda, caithfimid dul agus siopadóireacht a dhéanamh," a dúirt Saeidí agus rug sí greim láimhe ar Magda agus tharraing sí amach ar an sráid í. Ba léir go raibh eagla ar Mhagda ach níor thug Saeidí seans di iompú ar ais. D'imigh siad i dtreo na siopaí.

dúshlánach – *defiant*

XV

An fhírinne lom ag an mbéile

Chaith siad uair a chloig i mbun siopadóireachta. Chuir sí ionadh ar Saeidí cé chomh tapaidh agus bhí Magda chun focail nua a fhoghlaim. D'fhan an leanbh ina chodladh an t-am ar fad agus bhí sé fós ina chodladh nuair a bhain siad árasán Shaeidí amach. Chuir Saeidí sicín san oighean agus d'ullmhaigh siad na glasraí don dinnéar. Las sí an tine agus chuir sí dlúthdhiosca ar siúl. D'oscail sí an buidéal fíona a bhí ceannaithe acu agus dhoirt sí amach dhá ghloine.

"Tá tú ag foghlaim na teanga. Tá do chuid Ghaeilge i bhfad níos fearr," a dúirt Saeidí le Magda.

"Go raibh maith agat. Tá mé ag éisteacht leis na custaiméirí an t-am ar fad."

Thosaigh an leanbh ag caoineadh.

"Is dócha go bhfuil ocras air. An mbeidh an t-am agam é a *bheathú sula a mbeidh an dinnear ullamh?

"Beidh cinnte"

Thóg Magda an leanbh amach as an gcliabhán agus chuir lena *cíoch é. Thosaigh an leanbh ag diúl. D'fhéach Saeidí ar an bpictiúr den mháthair agus an leanbh ar a cíoch agus chuir sé i gcuimhne di pictiúr den Mhaighdeán Mhuire a chonaic sí sa Dánlann Násiúnta i mBaile Átha Cliath.

Nuair a bhí an leanbh ar ais sa chliabhán chuir Saeidí a gloine fhíona i lámh Mhagda. Ní raibh an sicín ullamh fós.

"An bhfaigheann tú aon am duit féin. An mbíonn an leanbh leat an t-am ar fad?

"Bíonn sé lena athair uaireanta," a dúirt Magda, ag breathnú go díreach ar Shaeidí.

"A athair. Ní raibh a fhios agam go raibh sé leat anseo, go raibh sé sa tír seo fiú amháin." even

"Tá aithne agat air."

"An bhfuil?"

"Tá. Is é Serej a athair."

"Serej?"

"Sergio," a dúirt Magda. "Ghlaoim Serej air. Sin a ainm Albáineach."

Chuir Saeidí a gloine uaithi. Stán sí ar Magda. Ní fhéadfadh sí é a chreidiúnt. Ba é Sergio athair leanbh Mhagda. Cén fáth nár thuig sí sin roimhe?

"Tá tú ag magadh fúm," a dúirt sí.

"Níl mé," a d'fhreagair Magda agus miongháire ar a haghaidh.

50

beathú – *feed*
cíoch – *breast*

"Bhí aithne againn ar a chéile san Albáin. Tá mé i grá leis ó chonaic mé é don chéad uair mí Mheán Fhómhair seo caite. Bhuail mé leis nuair a bhí sé sa bhaile ar a laethanta saoire. Is Albáineach é, tá fhios agat."

"Ach is Iodáileach é," a dúirt Saeidí.

"Ní hea. Is Albáineach é. Rugadh é sa bhaile céanna agus a rugadh mise."

Bhí Saeidí i gcruachás ar feadh nóiméid. An raibh a fhios ag Magda go raibh Sergio ag dul amach léi féin ar feadh bliain go leith, fiú an t-am a raibh Magda ag iompar clainne? Má bhí sí sásta a bheith le fear a bhí ina chladhaire, ceart go leor, ach ba chóir go mbeadh na *fíricí ar eolas aici. Chinn sí an fhírinne a insint di.

"A Mhagda, caithfidh mé a rá leat go raibh mise mór le Sergio, go rabhamar ag dul amach le céile go dtí, go dtí an tráthnóna sular tháinig tusa i dtír."

"Serej agus tusa, tá...an....tá.. tú ag magadh fúm. Ní dhéanfadh sé rud mar sin." Sheas Magda agus na deora ag titim léi. Bhí sí ag éirí an-*chorraithe. Thit an ghloine fhíona óna lámh agus briseadh ar an úrlár í.

"Ní chreidim tú," a dúirt sí go feargach. Lig sí le sruth mór cainte ina teanga fein ach níor thuig Saeidí focal. Ach thuig sí brí a cuid cainte. Chreid Magda go raibh éad ar Shaeidí. "Ní chreidim tú," a dúirt Magda arís. Níl sé fíor," a dúirt sí.

Thóg sí an leanbh agus thosaigh sí ag bogadh i dtreo an dorais. Thóg sí a cóta agus a mála.

"Magda, stad, agus bíodh do dhinnéar agat." Ach bhí Magda ar a slí amach agus í ag caoineadh. D'oscail sí an doras agus sular imigh sí, chas sí uair amháin eile.

51

fíricí – facts
corraithe – excited

"Suigh síos ar feadh nóiméid agus lig dom caint leat," a dúirt Saeidí. Shuigh Magda ar chathaoir ag an doras agus d'fhéach sí go *truamhéileach ar Shaeidí. Thosaigh Saeidí ag caint. D'inis sí do Mhagda faoinar tharla idir Sergio agus í fein. D'inis sí di faoin gcéad uair ar bhuail siad lena cheile, bliain go leith ó shin. Bhí sí ag teacht amach as an siopa gruagaire nuair a bhuail sí leis ag teacht isteach. D'oscail sé an doras di. Cheap sí gurbh é an fear ba dhathúla dá bhfaca sí riamh. Bhí sí ar ais ag an ngruagaire an tseachtain dár gcionn agus d'iarr Sergio uirthi dul amach ar a bhád seoil leis. Théidis amach le chéile gach deireadh seachtaine agus uaireanta d'fhanadh Sergio an oíche ina hárasán. Nuair a chuaigh sé abhaile ar saoire cheap sí gur ag dul abhaile go dtí an Iodáil a bhí sé. Níor cheap sí go raibh bean ar bith eile aige go dtí an tráthnóna sin ar an gcé nuair a chonaic sí é agus an bhean sin sa ghluaisteán.

Lean sí lena scéal ag breathnú go géar ar Mhagda. Lean sí ag feachaint uirthi, ag fanacht ar chomhartha a thaispeánfadh di go raibh an rud ceart déanta aici, go dtuigfeadh Magda a raibh bun os cionn le Sergio, cad a bhi in *easnamh air – misneach, b'fhéidir, nó ionraiceas, dar léi fein. Ach faraoir, bhí Magda ro-ghortaithe agus níor thuig sí aon rud, ach amháin gur mhothaigh sí a goile ag iompu bun os cionn. Theastaigh uaithi stop a chur le bréagadóireacht Shaeidí, mar a cheap sí.

"Ní chreidim tú, ní chreidim tú. Is bitseach cheart tú. Tá tú mícheart," a dúirt Magda agus nimh ina guth, agus rith sí amach agus síos an sráid, an leanbh ina *baclainn aici. Bhí a fhios ag Saeidí ag an bpointe sin nach gcreidfeadh Magda aon drochrud faoi Shergio go dtí go bhfeicfeadh sí lena súile féin é, mar a chonaic sise, ag *suirí le bean eile.

truamhéileach – *pitiful* baclann: ina baclainn – *in her arms*
easnamh – *lack* suirí – *courting*

XVI

Insíonn Sergio a scéal

An lá dár gcionn, chuaigh Saeidí isteach go dtí an gruagaire chun iarracht a dhéanamh tabhairt ar Shergio dul chun na Gardaí agus a insint dóibh gurbh éisean athair mhac Mhagda. Bhí sé ina shuí mar ba ghnáth leis ag an gcuntar ag féachaint amach an fhuinneog agus corr-uair isteach sa scathán.

"Abair liom cad a bhí ar siúl agat liomsa, a Shergio. Ní thuigim é. Tá a fhios agam mar gheall ar Mhagda agus do mhac Yan."

Baineadh geit as agus bhí ionadh air go raibh a fhios aici ach ba léir, ag an am céanna, gur chuma leis go raibh a fhios ag Saeidí.

"Saeidí," a dúirt sé ag casadh ina treo. "Tar anuas go dtí cúl an tsiopa liom. Teastaíonn uaim rudaí a mhíniú duit. Tar liom, a ghrá geal, a chailín álainn."

"Cad tá á rá agat? Nach bhfuil tú i ngrá le Magda? Nach bhfuil tú geallta léi? Cad tá uait? Bí dílis. Bí macánta liomsa, le Magda, Sergio. Nach bhfeiceann tú go bhfuil sí mar phríosúnach agat, a Shergio? Nach dtuigeann tú nach bhfeiceann sí go bhfuil tú ag baint droch-úsáid aisti."

D'fhéach sí ar Shergio agus chonaic sí fear a bhí gan tuiscint, a bhí sásta leis féin, a bhí mar pháiste é féin. Níor thuig sé a raibh déanta aige. Bhí miongháire ar a aghaidh aige. Ní raibh *áiféala dá laghad air. "Ná habair é sin," a dúirt sé. "Ní thuigeann tú," a dúirt sé. "Saeidí, ná bí mar sin. Tá Magda an-sásta lena saol. Tá mac aici, tá saol nua aici. Tá sí ceart go leor. Is mise atá ag *fulaingt. Tá mise i ngrá leatsa," a dúirt sé.

"Ach tá fear cúisithe ag na Gardaí as Magda a thabhairt i dtír go mí-dhleathach. Cad faoi-siúd?"

"Saeidí, tharla sé. Ní raibh aon dul as agam, bhí mé i sáinn. Casadh Magda orm nuair a bhí mé san Albáin an Fómhar seo caite. Bhí sí ag obair i mbialann, mar *fhreastalaí. Bhí an fear a bhí i mbun na bialainne an-bhrúidiúil léi." Lean Sergio leis agus a shúile móra donna ag impí ar Shaeidí é a chreidiúint.

"Bhí an fear seo go holc. Bhí sé ag iarraidh uirthi dul a luí leis na custaiméirí. Bhí sé ag iarraidh *striapach a dhéanamh dí! An gcreidfeá é sin. Gan amhras, dhiúltaigh Magda dó ach chaill sí a post. Tháinig sí chugam agus d'impigh sí orm í a thabhairt ar ais go hÉirinn liom. Dúirt mé nach ligfí isteach í, go gcuirfí ar ais láithreach í, ach d'impigh sí orm arís agus arís eile."

D'fhéach Saeidí amach ar Mhagda a bhí ag obair léi sa siopa lasmuigh.

54

áiféala – regret
fulaingt – suffer

freastalaí – waitress
striapach – prostitute

"Bhí trua agam don bhean seo a bhí chomh lách, ciúin sin," a dúirt Sergio. "Ní raibh aon obair ná airgead aici agus bhí eagla uirthi go ndéanfadh an fear a bhí i mbun na bialainne iarracht í a mharú. Sa deireadh, dúirt mé léi dá bhféadfadh sí an turas a dhéanamh go St. Malo in iarthuaisceart na Fraince, go raibh cara agam ansin a raibh bád aige agus a thabharfadh go hÉirinn í. Thug mé airgead di chun an turas a dhéanamh ach, creid é nó ná creid, níor shíl mé go ndéanfadh sí é."

"Tá mé ag éisteacht leat. Abair leat," a dúirt Saeidí leis de ghuth crua.

"Bhuel, ansin ag tús mí an Mheithimh fuair mé scéal ó St Malo go raibh sí ansin. Cad eile a fhéadfainn a dhéanamh ach socrú le mo chara go bpiocfainn suas í amach ó chósta na hÉireann. Bhí sé i gceist agam í a chur ar an traein go Baile Átha Cliath nó go Corcaigh. Ní raibh sé i gceist agam aon bhaint a bheith agam léi as sin amach. Ach ansin nuair a bhuail mé leis an mbád chonaic mé go raibh sí torrach. Ní raibh mé ag súil le sin."

"Ach cén fáth gur chuir tú ar bord An Cailín Rua í, bád Chathail Uí Chinnéide?" a d'fhiafraigh Saeidí de.

"Ba léir dom go bhféadfadh an leanbh theacht ar an saol am ar bith agus dá dtabharfainn i dtír í go mbeadh orm í a thabhairt isteach go dtí an t-ospidéal. Bheadh páipéir le líonadh isteach agus d'fhéadfainn féin bheith i dtrioblóid leis na gardaí. Níor theastaigh uaim aon trioblóid mar sin a tharraingt anuas orm agus nuair a chonaic mé an bád iascaireachta, bheartaigh mé í a chur ar bord. Bhí a fhios agam go mbeadh raidió ar bord agus go bhféadfaidis *fios a chur ar an tseirbhís tharrthála dá mba ghá."

Stop Sergio agus d'fhéach sé ar Shaeidí. Bhí a shúile ag biorú isteach inti.

---

fios a chur ar – *to send for*

"Anois an dtuigeann tú, a Shaeidí, a ghrá. Bhí mé ag iarraidh an rud ceart a dhéanamh do Mhagda ach is tusa mo ghrá. Tá mé i ngrá leat." Shiúil sé suas go dtí Saeidí agus chuir sé a lámha timpeall uirthi. Dhein sé iarracht í a phógadh.

Le sin, chuala an bheirt acu rud éigin ag titim. Nuair a chas siad, bhí Magda ina seasamh ag cúl an tseomra, an scuab titithe óna lámh agus uafás ar a haghaidh. Bhí sí ag gol ach níor tháinig aon fhuaim aisti. Bhí sí fágtha gan focal. Dhein sí iarracht rud éigin a rá ach ní fhéadfadh sí. Bhí a béal ar leathadh agus bhí sí balbh.

Chúlaigh sí amach uathu, na deora ag sileadh léi. Theith sí.

"Nach bhfuil croí istigh ionat ar chor ar bith, a Shergio," a dúirt Saeidí agus shiúil sí go dtí an doras.

"Beidh me ar ais. Tá tusa freagrach as an bpraiseach seo. Agus na déan dearmad ar Chathal Ó Cinnéide."

Leis sin, d'imigh sí.

Shiúil sí caol díreach go dtí Stáisiún na nGardaí agus rún aici a insint dóibh gurbh é Sergio ba chiontach as teifeach mídhleathach a thabhairt isteach sa tír. Níor ghá di. Bhí Magda ann roimpi agus an garda ag scríobh síos i leabhar mór a scéal faoin slí ar tháinig sí go hÉirinn.

leathadh: ar leathadh – *wide-open*

XVII

Cupán tae ar bord
An Cailín Rua

Bhí Saeidí ag siúil léi féin ar an gcé tráthnóna cúpla lá ina dhiaidh sin. Bhí an ghrian ag taitneamh go hard sa spéir. An Satharn a bhí ann. Bhí an áit gnóthach – bhí turasóirí ag spaistóireacht. Bhí a haigne lán agus í ag smaoineamh ar Mhagda.

"Hello," a chuala sí. "An i do chodladh atá tú?," a dúirt duine éigin. Chas Saeidí agus chonaic sí Cathal ina sheasamh ar deic An Chailín Rua. Bhí sé ag gáire agus é ina sheasamh ar a bhád os a comhair amach.

"Tá tú in áit éigin eile. Ar mhaith leat cupán tae?" a d'fhiafraigh sé di.

"Ba mhaith liom, go raibh maith agat, a Chathail. Conas atá tú? Tá brón orm, bhí mé ag smaoineamh ar Mhagda, chun an fhírinnne a rá," agus thosaigh sí ag siúl ina threo.

Chuaigh sí ar bord agus chuir Cathal fáilte roimpi. Chuaigh siad síos go dtí an chistin. Ní raibh Páidí le feiceáil in aon áit. Dhein Cathal an tae agus shuigh an bheirt acu ar na leapacha ar aghaidh a chéile. Bhí miongháire ar aghaidh Chathail.

"Tá sé go hiontach tú a fheiscint. Bhí sé i gceist agam glaoch a chur ort. Tá mé saor, saor ón trioblóid sin ar fad. Chuaigh Magda go dtí staisiún na nGardaí agus d'inis sí dóibh faoin duine a chuir ar bord An Cailín Rua í, an fear a bhí ar an mbád seoil an oíche sin agus a d'imigh ar nós na gaoithe. Sergio an t-ainm baiste atá air. Ní chuimhin liom a shloinne. Tá siopa gruagaire aige sa bhaile."

"Tá fhios agam. D'inis Magda dom gurbh é Sergio athair a mic ach ní bhfuair mé amach go dtí dhá lá ó shin gurbh é a d'fhág Magda ar bord An Cailín Rua." Bheartaigh Saeidí gan insint do Chathal gurbh é Sergio féin a d'inis sin di.

"Bhuel ba é, agus anuas ar sin ceapann na Gardaí go raibh smugláil drugaí ar siúl aige chomh maith. Tá eolas faighte acu ó phóilíní na Fraince faoi ghnó i St Malo chun drugaí a chur go hÉirinn. Síleann siad go bhfuil roinnt daoine sa cheantar seo a bhfuil báid seoil acu páirteach sa ghnó agus má fhaigheann siad amach gur duine díobh Sergio is cinnte go gcuirfear i bpríosún é."

"Bheadh sé tuillte aige " a dúirt Saeidí go fíochmhar agus tháinig lasair ina grua nuair a chonaic sí Cathal ag stánadh uirthi."Ach tá mé buartha mar gheall ar Mhagda agus a mac. Cad a tharlóidh di siúd? An gcuirfear ar ais chun na hAlbáine iad?"

"Níl a fhios agam. Ós rud é gur anseo a rugadh a mac b'fhéidir go mbeidh cead aici fanacht. Ach conas atá tusa? Ní raibh mé ag caint leat le fada. Bhí tú an-mhaith an oíche sin i Staisiún na nGardaí. Ba dheas uait teacht!"

"Chuaigh mé ann chomh luath agus a chuala mé an tuairisc ar an nuacht," a dúirt Saeidí.

"Thug sé ardú *meanman dom ag an am. Ach buíochas le Magda ní raibh aon trioblóid agam sa deireadh. Murach gur inis sí a scéal do na gardaí bheadh orm cás cúirte a throid. Tá sé go hiontach bheith saor ón mbuairt. Ach cad faoin mbuairt a bhí ort féin? Cad faoin trioblóid sin a tharla idir tú féin agus an fear a raibh tú mór leis. Ar éirigh leat rudaí a shocrú?"

Rinne Saeidí cinneadh gan a rá leis gurb é Sergio ainm an fir a raibh sí mór leis. B'fhéidir go ndéarfadh sí leis am éigin eile.

"Is dócha go bhfuilim ceart go leor arís. Tá an fear sin imithe. Níl mé i ngrá leis a thuilleadh. Is duine é nach féidir liom muinín a bheith agam as agus bhí mé amaideach gan sin a fheiceáil i bhfad ó shin"

"An mar sin é?"

D'ól an bheirt acu an tae. Níor labhair ceachtar acu ar feadh tamaill go dtí gur bhris Saeidí an ciúnas lena céad cheist eile.

"A Chathail, tá áthas orm gur bhuail mé leat, ach abair liom cá bhfuil Páidí?"

"Tá sé imithe go dtí Meiriceá."

"An mbraitheann tú uait e?"

"Bhuel, tá an bád an-chiúin," a dúirt sé.

"Bhfuil a fhios agat go bhfuil mé ag lorg duine éigin chun chabhrú liom. An mbeifeá saor? Is cuimhin liom go raibh tú go han-mhaith ar an mbád cúpla seachtain ó shin."

"Tá mé saor don samhradh," a dúirt Saeidí ag breathnú air go cúthaileach. "Ba bhreá liom dul ag iascaireacht leat ar An

meanma – *morale*

Cailín Rua, ach cad mar gheall ar mo chuid gruaige. An chuimhin leat an *mhallacht?" *curse*

"Sea, sin ceist deacair," a dúirt Cathail. "Ach tá slí ann chun an mhallacht a chur ar ceal."

"Tá?"

"Bhuel, tá sé casta ceart go leor ach inseoidh mé duit conas a dheintear é," agus chrom sé síos agus agus phóg sé í.

"Má phógann tú an spéirbhean, imíonn mallacht na gruaige rua," a dúirt sé léi. Don tarna uair riamh, ní raibh aon fhreagra ag Saeidí dó. Bhí sí ciúnaithe.

mallacht – *curse*

Gluais

aiféala – *regret, remorse*
aithris – *imitation*
allas – *sweat*
amhrasach – *doubtful*
baclann: ina baclainn – *in her arms*
bád seoil – *yacht, sailing boat*
bagairt – *threaten*
bainisteoir – *manager*
bannaí: ar bannaí – *on bail*
barr donais – *crowning misfortune*
beathú – *feed*
bhí mearbhall uirthi – *she was confused*
biorú isteach inti – *bore into her*
bráillíní – *sheets*
breith clainne – *giving birth*
cantalach – *peevish*
casachtach – *coughing*
cathú – *temptation*
ceirt – *piece of cloth*
chinn sé – *he decided*
chuimil sí – *she rubbed*
chúlaigh sí – *she moved back*
cíoch – *breast*
cladhaire – *scoundrel*/cóward
cnaipí – *buttons*
comhartha – *sign*
corraithe – *excited*
crios sábhála – *safety strap*
cruachás: i gcruachás – *in a predicament*
cúisiú – *to prosecute*
cuisle – *pulse*
cumhrán iarbhearrtha – *after-shave lotion*
cúthaileach – *shy*
d'fhaisc sí – *she pressed*
déistin – *disgust*

61

dhiúltaigh sí – *she refused*
dídean – *shelter*
díosal – *diesel*
do-chreidte – *unbelievable*
dreapadh – *climb*
dúshlánach – *defiant*
éalú ón díomá – *escape from the disappointment*
easnamh – *lack*
faitíos – *apprehension*
faitíos: bhí faitíos air roimh – *he was nervous of*
fearthainn – *rain*
fios a chur ar – *to send for*
fiosrach – *inquisitive, curious*
fíricí – *facts*
fiuchta – *boiling*
folt – *hair*
fónamh: ar fónamh.– *in good health*
fonóideach – *mocking*
freastalaí – *waitress*
friochtán – *frying pan*
fulaingt – *suffer*
gan aithne gan urlabhra – *unconscious*
ganfhios: i nganfhios dó – *unbeknownst to him*
gátar: am an ghátair – *the time of need*
géilleadh – *give in, yield*
geit – *shock*
giobach – *unkempt*
gíog – *cheep*
glais lámh – *handcuffs*
glioscarnach – *shining*
goile – *stomach*
gol a dhéanamh – *to cry*
gortaithe – *hurt, wounded*
greim an fhir bháite – *drowning man's grip*
impí – *implore*
instealladh – *injection*
íochtarach – *lower*
iompar duine uasail – *noble bearing*

ionad fáilte – *reception area*
ionraic – *honest, sincere*
lasair ina grua – *her cheeks burning*
leathadh: ar leathadh – *wide-open*
leid – *clue*
líonta – *nets*
luascadh – *rock*
luath: a luaithe agus – *as soon as*
magadh fuithi – *make fun of her*
malaí – *eyebrows*
mallacht – *curse*
meabhair: as do mheabhair – *out of your mind*
meanma – *morale*
mí-ádh – *bad luck*
mí-dhleathach – *unlawful*
mílítheach – *pale*
miste: muna miste leat – *if you don't mind*
moill – *delay*
mothall gruaige – *mop of hair*
muinín – *confidence*
muinín a chur ann – *to trust*
múinte – *polite*
otharcharr – *ambulance*
painéal cumhachta – *control panel*
piseog – *superstition*
preabadh – *palpitate*
roth stiúrtha – *steering wheel*
sáinn – *fix*
scathán cliatháin – *side mirror*
sceoin – *terror*
scíth: scíth a ligean – *rest*
seantaithí – *experience*
shleamhnaigh an lá thart – *the day slipped past*
sínteoir – *stretcher*
slachtmhar – *smartly*
sloinne – *surname*
smior: go smior inti– *to her very centre*
snaidhmthe ina chéile – *embracing each other*

sorn – *stove*
splanc tintrí – *a flash of lightning*
spraiúil – *playful*
staic: ina staic – *transfixed*
stail – *stallion*
striapach – *prostitute*
stuacán – *sulky person*
suirí – *courting*
teach na stiúrach – *wheelhouse*
teifeach – *refugee*
teitheadh – *flight*
théidis i bhfolach – *they used to hide*
threoraigh sé – *he directed*
tóir: chuaigh sé sa tóir ar – *he went to hunt for*
torrach – *pregnant*
treabhadh tríd – *plough through*
tréaniarracht – *a great effort*
tromluí – *nightmare*
truamhéileach – *pitiful*
tuairiscítear – *it is reported*
uillinn – *elbow*
úinéir – *owner*
útamáil – *pottering about*